Marguerite SILVÈRE

Reflets de Guerre

Août 1914 — Août 1915

LIBRAIRIE C. FAURE
5 PLACE DE LA BARRE, 5
MACON

Reflets de Guerre

Août 1914 — Août 1915

IL A ÉTÉ TIRÉ DE CET OUVRAGE

20 EXEMPLAIRES SUR HOLLANDE NUMÉROTÉS

Marguerite SILVÈRE

Reflets de Guerre

Août 1914 — Août 1915

LIBRAIRIE C. FAURE

5, PLACE DE LA BARRE, 5

MACON

LE PREMIER JOUR

J'ai marché comme en rêve, en ce long jour pesant.
    La guerre est déclarée !...
Paris est survolé d'un silence oppressant...
    Une lumière ocrée

Tombe du ciel éteint, et la foule, sans bruit,
    Déroule son flot grave
Sur l'asphalte qui fond. On songe qu'enfin luit,
    Dans l'Histoire où se grave

L'immanente Équité, le jour inoublié
    De la Revanche sombre !
Mais on sent bien aussi qu'il sera tant lié
    A des douleurs sans nombre

Qu'on s'en va le cœur lourd, malgré le fier vouloir,
    La secrète allégresse,
Qui baignent la pensée, en cet étrange soir
    De joie et de détresse.

Au détour d'une rue un bataillon surgit,
        Émouvant et superbe !
Ce sont de beaux dragons ! La lèvre, qui rougit
        Dans le visage imberbe,

Accuse le mépris de la possible mort.
        Une rose empourprée
Fleurit aux harnais neufs des chevaux vifs et forts
        Qui, jusques à la Sprée,

Semblent vouloir courir. — On s'arrête et, dans l'air,
        Les mains pâles des femmes
Esquissent des baisers, et les sabres au clair
        Brillent comme des flammes !

Et c'est l'Espoir qui passe ! — Hélas ! j'ai vu soudain,
        Au cortège fondue,
Comme un lierre fragile emporté du jardin,
        Et demi-suspendue

A l'arçon d'une selle, une femme, aux traits doux,
        Suivant la chevauchée
Sans pouvoir s'arracher des yeux de son époux
        Partant pour la fauchée !...

Et c'était la souffrance aussi qui s'écoulait,
        Indicible et profonde,
Pour toutes les amours où le cœur se complaît
        En notre pauvre monde. —

Le jour baisse, très lent. — Au crépuscule lourd,
      La mystique coupole
Du Temple qu'on élève au Surhumain Amour
      Me paraît un symbole

En sa blancheur gardée à l'horizon si noir ! —
      Mon Dieu ! je suis certaine
Qu'il faudra bien prier si nous voulons avoir
      La Victoire... lointaine !

Paris, 3 août 1914.

LE PREMIER BLESSÉ

A Madame Grillet.

Depuis des jours très longs et très laborieux
On a bien préparé l'asile glorieux
Où, dans le calme frais et dans la paix fleurie
D'un parc hospitalier pour la France meurtrie,

On attend des blessés. Des semaines ont fui...
Les cœurs se font vibrants et, même dans la nuit,
On écoute les pas; on tressaille aux passages
Des grands trains alourdis, qui sifflent... — Les plus sages

Ont des gestes de fièvre, et ce repos menteur
De la ville si loin des pays où l'on meurt
Pèse comme un remords... Les robes sont trop blanches
Au chevet des lits vains. On s'en va, sous les branches

Du jardin sans écho, regarder le chemin
Qui reste vide et mort et l'on attend demain
Pour espérer toujours. — Enfin par un soir pâle,
Où le couchant revêt un doux reflet d'opale;

Où l'on semble oublier la lutte et son horreur;
Par un clair crépuscule au chaud parfum de fleur,
Un cri de trompe, aigu, déchire le silence
Et le sable gémit sous un poids qui s'avance...

De quel émoi puissant les cœurs sont oppressés!
On descend dans l'allée à pas vifs et pressés;
Tout un vol de blancheurs entoure la voiture
Et l'on voudrait déjà soulager la blessure!

C'est un fier officier qui revient, épuisé,
De la terre d'Alsace où l'élan s'est brisé,
Peut-être trop hâtif. La plaie est guérissable,
Mais de quelle fatigue, intense, inexprimable,

Les pauvres yeux sont pleins! Il semble, en contemplant
Ce visage terni, ce regard angoissant,
Que la volonté seule a retenu la vie
Et qu'en ce corps lassé toute force est ravie!

2

L'uniforme est souillé; les galons, sans couleur,
Et le geste, qui veut dominer la douleur,
— Car l'âme a conservé son essor héroïque —
Reste silencieux et presque automatique.

Et c'est la vision qui brusquement paraît,
Du surhumain effort que tes enfants ont fait,
O Patrie en danger, pour braver face à face
L'envahisseur brutal. Et voici que l'espace

Qui nous séparait tant du combat très lointain,
S'est effacé rapide et que dans l'air, soudain,
Passe un souffle de guerre où notre calme sombre
Et qui rend du couchant le rayonnement sombre...

Près du blessé, qu'on porte, un sanglot à gémi,
Car l'épouse, présente, un moment a faibli
Et le même frisson nous saisit et nous glace,
Car ici la Souffrance a désormais pris place !

Mâcon, 23 août 1914.

IN MEMORIAM

22 septembre 1914.

A Monsieur l'abbé Dage, de Reims.

Du fond de l'Enfer noir Attila s'est dressé
Et, comme au temps affreux du Champ Catalaunique,
A, d'un geste sans nom, blessé la Basilique
Où dormait dans l'encens notre royal Passé.

Par le fer et le feu les pierres ont gémi,
Les voûtes d'Idéal ont fléchi, désolées,
Les chapiteaux feuillus, dans la poudre envolée,
Se sont tordus, brisés sous le souffle ennemi.

Le Vitrail merveilleux, couleur de Paradis,
Tourné vers le couchant, qu'il adorait à l'heure
Où, dans l'air estival, avant que le jour meure,
L'Angélus s'égrenait par les soirs refroidis ;

Le Grand Vitrail de rêve, où l'âme du soleil
S'enfermait dans la nuit, est devenu tout ombre,
Car, son cristal unique en des éclats sans nombre,
S'est dispersé, saignant de son reflet vermeil.

L'Ange invisible et doux qui veillait, radieux,
A déserté le chœur d'où fuyait la Lumière,
Et Jeanne qui priait, comme à l'heure première,
Pour ne pas voir l'Horreur a fermé ses deux yeux !

Seuls, au fond de l'abside, explorant l'horizon
D'où venait le fléau, les Monstres diaboliques
Qu'enfanta d'un autre âge la rude symbolique,
Ont ricané, joyeux d'avoir enfin raison !

Seigneur ! pourquoi ce crime où faiblit l'Occident,
Où la Beauté mystique est à jamais meurtrie,
Où les feuillets sacrés de ton livre, ô Patrie !
Sont désormais noircis et jetés dans le vent ?

Et pourtant j'ai rêvé qu'intact, il était là,
Le temple de splendeur ; que sa robe de pierres,
Qui ravissait nos yeux et mouillait nos paupières
De sainte émotion, voilait le vif éclat

D'une forme subtile, intangible à la mort!
Que notre cathédrale avait aussi son âme
Que n'avait pu toucher la dévorante flamme;
Une âme d'oraison... dont l'infernal effort

N'avait pu triompher. Et que, dans l'éther pur,
Sous le regard des saints, elle montait encore
Translucide aux rayons de la divine aurore
Où s'en vont les martyrs..., vers l'éternel azur!

Mâcon, septembre 1914.

LA MARNE

On raconte tout bas une histoire adorable.
    Est-ce réalité ?
Ou bien d'un cœur pieux la merveilleuse fable ?
    Voici le fait conté :

C'était aux jours d'angoisse où l'on croyait encore
    Revivre le Passé ;
Où la retraite sombre abolissait l'aurore
    Du triomphe, effacé.

Paris sentait la Peur venir, désespérante,
    Car un écho strident
Arrivait jusqu'à lui, porté par l'âme errante
    D'un souffle d'orient.

Les chefs étaient songeurs !... En leur âme inquiète
    Un frisson noir vibrait,
Et Joffre tressaillait d'une crainte secrète
    Où son calme sombrait.

Pourtant il fallait vaincre et sauver la Patrie !
　　Par quel miracle, hélas ?
Comment rompre le flot qui montait, en furie,
　　Sur nos régiments las ?

On avait bien donné l'ordre de faire face,
　　Mais on manquait d'espoir.
Sur la carte écornée on mesurait l'espace
　　Et le cruel devoir

Dont l'unique moyen semblait la mort sanglante
　　Inutile au salut !
Et Joffre avait parfois la vision troublante
　　De son dernier salut

Au drapeau déchiré ! — La veille était venue
　　De notre ultime effort.
Taciturne et rêveur, Joffre scrutait la nue
　　Où flottait un peu d'or,

Et son regard avait l'instinctive espérance
　　D'un secours surhumain.
Car la Vérité dort au fond de la souffrance,
　　C'est de Dieu le chemin.

« Dieu !... N'y pensez-vous pas », dit une voix amie,
　　Tout près du chef lassé ;
« Faites appel à Lui et la horde ennemie
　　Ne pourra plus passer. »

Dieu !... C'était bien nouveau... Pourtant s'Il est la vie
    Du Pays en danger ?...
Si par Lui la Victoire était enfin ravie
    Au barbare étranger ?

Et dans le soir mourant, Joffre eut un élan d'âme
    Montant vers l'Au-delà.
De son regard puissant il éteignit la flamme
    Et..., sans mots, il pria...

— Le lendemain, la Peur fuyait à tire d'aile !
    Attila reculait !
Et ce jour, pour « passer », le nom de la Pucelle
    Était ce qu'on criait !

— Est-ce un conte de fée ? ou le récit, encore,
    D'un prodigieux fait ?...
Celui qui lit les cœurs sait ce que l'on ignore
    Mais le miracle est fait !

Mâcon, octobre 1914.

VIATIQUE

A « ma Fille » d'élection,
Suzanne Rivière.

Ce fut un moribond qu'on descendit, la nuit,
Du grand train noir glissant dans l'ombre et dans le bruit;
Car le trop long voyage était un lent supplice,
Atrocement cruel et de la mort complice.

Son sang coulait à flots! Quand on l'eut étanché
Et que, dans un lit blanc, le mourant fut couché,
Son regard devint pâle et fixe... il semblait lire
En un livre secret, dont bientôt le délire

Parut le commentaire et l'on apprit ainsi
Qu'il était un héros! Il avait, tout transi,
Pendant un temps mortel, sous la sifflante haleine
Des obus infernaux, porté son capitaine

3

Défaillant et blessé. Il l'avait pu ravir
A l'abandon fatal, mais avait dû servir
De cible à l'ennemi et restait la victime
De son bel héroïsme et de son geste ultime.

A son heure dernière il revivait encor
Son tragique courage, en attendant la mort;
Tandis qu'à son chevet la blanche théorie
De celles qui, dans l'ombre, offrent à la Patrie

Leurs forces et leur cœur, à l'abri de la croix,
Priait le Dieu Sauveur, à douce et basse voix.
Hélas ! ce fut bientôt l'agonie où le rêve
Semble à jamais sombrer. Pourtant comme une trêve

De calme bienfaisant se fit au fond des yeux
De celui qui mourait sublime et glorieux.
Il murmura soudain : « Es-tu là, mon amie ?
« Ma joie et mon amour, ma femme tant chérie !

« Mes yeux ne te voient plus... incline-toi vers moi
« Et d'un baiser d'adieu réconforte ma foi !... »
Hélas ! la bien-aimée était seule et lointaine
Et l'appel était vain, qu'on entendait à peine.

Les doigts qui se posaient sur le front moite et lourd
Étaient seulement ceux du charitable Amour,
Et la vierge penchée au chevet d'agonie
Ne portait pas l'anneau de l'union bénie.

« Mon Dieu ! n'entends-tu pas ?... Je sens pourtant ta main
« Mon Dieu ! je vais partir !... Adoucis mon chemin »,
Redisait, lamentable, expirant en détresse,
Ce pauvre être héroïque, altéré de tendresse.

Saintes du Paradis, n'auriez-vous pas donné
Ce viatique doux, qui serait pardonné
Par Toi-même, ô Madone ! Étoile lumineuse
Des morts qui vont passer sous la terre fangeuse ?

Alors, en te priant, ô Reine de Pitié !
Le virginal visage, incliné tout entier,
Comme un lis odorant sur une tombe ouverte,
S'approcha du mourant dont l'âme était couverte

Des ombres du linceul et, sur les yeux obscurs
Où descendait la nuit, mit un baiser très pur !
Une divine paix s'épandit sur la bouche
Du héros apaisé, que désormais ne touche

Ni l'effroi, ni la mort et son regard, fermé
D'un mensonge pieux, s'en fut, tout parfumé,
Se remplir de lumière et de gloire infinie !
... Et, pour ta Charité, ma fille, sois bénie !

Mâcon, octobre 1914.

1er NOVEMBRE 1914

A Madame A. Duréault.

Mettez un linceul d'or fleuri
Feuilles mortes et déchirées,
Sur les dépouilles adorées
Qui jonchent notre sol meurtri.

Sous votre éclat d'été fané,
Cachez le sang limpide et rouge,
Afin qu'au champ où nul ne bouge,
Nul aussi ne soit profané.

Soyez douces aux pauvres corps
Oubliés au fond des ornières ;
Chantez-leur les chansons dernières
Ainsi qu'un son lointain de cors...

La chanson des arbres mourants
Qui jette sa couleur ocrée
Sur la chasse humaine et sacrée,
Aux bruits sombres et déchirants ;

—

La chanson des prêtres absents
Pareille à votre psalmodie ;
Donnez-leur votre odeur froidie
Comme un lent et subtil encens.

Posez sur leurs regards voilés
Un reflet pâli des lumières
Qui vont illuminer les bières
Des autres morts moins isolés,

Et qu'ils puissent se réveiller
Sous votre tombe si fragile,
Pour monter d'un coup d'aile agile
Jusqu'au Zénith ensoleillé !

. . . .

Feuilles mortes et déchirées,
Mettez un linceul d'or fleuri
Sur les dépouilles adorées
Qui jonchent notre sol meurtri.

Mâcon, novembre 1914.

NOEL 1914

AUX BLESSÉS
DE L'HOPITAL NOTRE-DAME

Les foyers sont obscurs, car les époux partis
Ont emporté la joie ! — Et la Famille entière :
L'épouse grave et pâle, à la douleur altière,
L'aïeule au regard triste, et jusqu'aux tout petits

Ne savent plus sourire. — Et pourtant, c'est Noël !
Mais on a murmuré de grands mots très austères
Aux pauvres chérubins, des mots pleins des mystères
Du Sacrifice pur qui plaît à l'Éternel.

On leur a dit : Jésus protège les Héros
Qui sont allés, là-bas, défendre la Patrie,
Et ce serait bien mal, quand la France est meurtrie,
D'invoquer le Bon Dieu pour remplir vos sabots !

L'âtre est resté désert... et les petits, déçus,
N'ont pas très bien compris. Mais, dans leur innocence,
Ils ont prié, tout bas, le Maître de l'enfance
De porter à papa les bonbons non reçus !...

Et c'est pourquoi, le soir de ce Noël pieux,
Comme à de grands enfants, que, peut-être, vous êtes,
Nous avons déposé d'humbles cadeaux de fêtes
Pendant que vous dormiez, sur vos lits douloureux.

Et c'est encor pourquoi, sous de plus sombres cieux,
Ceux qui restent debout, transis dans la mitraille,
Réchaufferont leur cœur, qui quelquefois défaille,
Au contact adoré d'un envoi précieux.

Petit paquet douillet, que les femmes, sans pleurs,
Ont plié doucement, avec sainte tendresse,
Pour qu'un peu de leur âme en bouclier se dresse
Contre votre poitrine et vous fasse vainqueurs !

Et c'est votre Foyer qui vient vers vous, Soldats !
Ah ! défendez-le bien... Défendez bien la France ;
Et, quel que soit le poids de votre âpre souffrance,
Quelle que soit pour vous la fin de vos combats,

Luttez sans hésiter ! — Qu'on soit mort ou vivant,
Que peut vous importer ?.. La gloire est éternelle !
La France vit toujours et vous vivez en Elle ;
La France est immortelle... et vous l'êtes autant !

Mâcon, décembre 1914.

NUIT DE NOEL

Holà !... holà qui vive ! en cette nuit glacée ?
Qui glisse doucement sur le fossé profond
Où, dans le sang perdu, dans la neige qui fond,
Ils se sont endormis, l'âme froide et lassée ?

Ils se sont endormis !... et la gaîté passée
Des beaux jours de Noël, pleins du cher bruit que font
Les rires enfantins, hélas est effacée...
Et cependant il passe en leur ombre sans fond

Comme un reflet d'aurore ; un frais battement d'ailes,
Succédant au sifflet des mitrailles cruelles...
C'est, de tous les absents, le grand amour béni !

Les anges de minuit, comme un essaim d'abeilles,
L'ont pris entre leurs doigts enlacés en corbeilles
Et l'apportent vibrant d'un espoir infini !

Mâcon, décembre 1914.

A LA MÉMOIRE DE PAUL REY

Il est des morts obscurs dont on ne parle pas ;
Ils ne sont point tombés sur un champ de bataille ;
On a vu seulement, sur les lits de trépas,
S'incliner chaque jour leur trop fragile taille.

D'un effort incessant voulant être vainqueurs,
Tout à leur idéal de fraternelle flamme,
Aux chevets d'agonie ils ont porté leur cœur,
Aux blessés de la guerre ils ont donné leur âme !

Mais auprès des mourants se cache le danger,
Sans tapage éclatant, il choisit sa victime
Et, d'un mal languissant, à la gloire étranger,
On meurt dans l'ombre, triste, et cependant sublime.

Honneur à vous pour qui le Pays fut muet,
Ignorant votre part au total sacrifice.
Pour le Dieu, tout amour, il n'est pas de secret
Et vous trouvez plus haut l'immanente Justice.

Mâcon, février 1915.

CARNAVAL

Le carême s'ouvrait ; c'était jour de licence.
La foule, dans la rue, allait comme en démence,
Le visage masqué, titubante souvent
Et les confetti plats s'envolaient dans le vent.

Par le dédale étroit qui ceint la basilique
De vieux chemins pavés à l'époque gothique,
Les dévots attristés montaient, rares et las,
Vers le temple sacré dressé sous le ciel bas.

Je les avais suivis, l'âme soudain très lourde
D'une angoisse sans nom, mystérieuse et sourde,
Où passait le frisson d'un surhumain effroi,
Dans l'air gris d'un printemps encor fragile et froid.

L'église était obscure et, des voûtes altières,
Pendaient, comme en lambeaux, des voiles funéraires ;
Nuages imprécis, qu'un lent encens fumeux
Accrochait vaguement aux chapiteaux brumeux.

Les fidèles groupés dans la nef, en silence,
Semblaient porter le poids d'invisibles présences
Et, comme dans un rêve au geste symbolique,
Commençaient dans le cloître une ronde mystique,

Tandis que jusqu'au chœur, empli de paix muette,
Parvenait la chanson follement indiscrète,
De masques trop hardis, égarés sur le seuil
De la Maison divine où s'imposait un deuil.

Et voici que soudain, dans le défilé triste,
Un chant surgit très grave, où d'abord un soliste
Laissa monter vers Dieu comme un appel ardent...
Puis le son s'élargit et, tel un flot montant,

Submergea le silence en clameur douloureuse !...
« Épargnez-nous, Seigneur », chantait comme peureuse,
La foule qui passait et ce qui dominait,
Malgré l'heure joyeuse, au Parce Domine,

C'était de la détresse, inexplicable et forte !
Un rire féminin fusa contre une porte,
Un imprévu soleil, au moment du couchant,
Au travers d'un vitrail fit un reflet sanglant...

Et je ne sais pourquoi, ce fut de l'épouvante
Qui passa sur mon âme et me fit palpitante
En un brusque sanglot : Seigneur ! épargnez-nous,
Criait mon cœur brisé, tandis que mes genoux

Se pliaient défaillants. La foule très dolente
S'écoulait dans le soir, automatique et lente ;
Et près du chœur désert, où mourait un flambeau,
Je crus voir effrayant, se dresser un tombeau !...

. . . .

De longs mois ont passé sur ce spectacle d'ombre
Et cette année, ô Reims ! ton carnaval fut sombre !
Les confetti légers, volant de mains en mains,
Ont fait maintenant place aux lourds obus germains.

Les rires sont éteints par des cris d'agonie,
Sur la ville s'abat la terreur infinie
De la cruelle mort ; et le temple de Dieu
A vu sombrer sa gloire en un torrent de feu !

Cette horreur était-elle écrite en l'éther pâle ?
Les rires cachaient-ils encore un affreux râle
Quand je pleurais sans cause en ce gai jour d'antan
Et que l'or du soleil m'y paraissait du sang ?

N'étions-nous point assez, sous la voûte gothique,
Pour clamer vers le ciel la cantate mystique ?...
Que Ta volonté soit, ô Seigneur juste et beau !
Mais prends pitié quand même au delà du tombeau !

Mâcon, février 1915.

LES « JEANNE D'ARC »

A Maurice Barrès.

C'est le printemps qui vient, mais un printemps de guerre.
Les champs vont reverdir tout arrosés de sang,
Et les morts, entassés sous la vivante terre,
Reverront le soleil dans les pavots naissants.

Et, par ce printemps rouge où gît l'âme de France,
L'adorable printemps de nos adolescents,
A l'âge où Jeanne d'Arc nous rendit l'espérance,
Va se donner aussi comme un très pur encens.

Ils seront seulement des fils et des grands frères
Et c'est le bel élan d'un amour lilial
Qui veillera sur eux, venant des cœurs des mères ;
Au cœur des tendres sœurs, plus encor virginal.

Ils auraient pu, jadis, à la vierge héroïque
Faire escorte d'honneur dans les jours glorieux ;
Ils pourraient de son nom faire un lien mystique
Qui les protégerait en talisman pieux.

Et tu ne pourras pas, ô Jeanne, sœur divine,
Refuser la Victoire à ces héros-enfants ;
Ils offrent, comme toi, leur vie en sa fleur fine ;
Donne-leur un été de myrtes triomphants !

Mâcon, février 1915.

A UNE JEUNE MÈRE

DU PRINTEMPS 1915

A Madame C. des P.

Dans les jardins silencieux,
Les roses vont fleurir quand même,
Pour que le maître, qui les aime,
Au retour, en soit plus joyeux.

Pendant l'été tout souriant,
L'adorable rosier de France
Chantait la joie et l'espérance
En ses fleurs couleur d'orient ;

Dans la solitude et le froid,
Sa couronne s'est desséchée
Et ses feuilles se sont penchées
Sous un mystérieux effroi,

Où passait l'écho du combat.
Mais la Nature, indifférenre
A l'affreuse et longue tourmente
Où l'humanité se débat,

N'a songé qu'au proche printemps
Où doivent renaître les roses,
Selon l'ordre divin des choses,
Que l'homme seul altère tant.

Et les jardins abandonnés
Vont avoir les fleurs plus jolies
En dépit des mélancolies
De ceux au départ condamnés.

Le regard tendre de l'adieu
Suffisait au Maître de l'Heure,
Pour qu'un peu de sa vie affleure
En beauté, sur la terre en feu ;

Car le Créateur est Amour...
Et dans les jardins de silence,
Tout adombrés de sa Présence,
Les Anges ont pu, dans le jour,

Loin des artifices humains,
Tisser au lis des robes blanches,
Aux roses, des corolles franches,
Comme aux églantiers des chemins.

Dans les foyers abandonnés
Il est aussi de jeunes mères
Qui, dans les larmes bien amères,
Ont attendu leurs nouveau-nés !

Le bien-aimé, en s'en allant,
Leur a donné toute son âme !
Et, désormais, la douce flamme
Devant le Seigneur fut brûlant.

Mais le sourire des petits
Aura la fraîcheur de l'Aurore ;
Les anges sont venus encore
Remplacer les époux partis.

Ils ont entouré, chastement,
L'épouse tendrement rêveuse,
De ferveur ardente et pieuse,
De paix et de recueillement.

Enfantement grave et béni !
Qui laissera de la Lumière
Aux yeux agrandis de la mère,
Et comme un reflet d'Infini !

Car la Prière est Vérité !
Et dans les jardins de silence
Adombrés de sainte Présence,
La Rose fleurit en beauté !

Mâcon, mars 1915.   5

A MADAME GEORGES PROTAT

Son fils est disparu... et sur son cœur très las,
Comme un papillon noir, au vol nocturne et bas,
Se blottit dans le jour au sein d'une fleur morte,
L'Angoisse s'est posée, impitoyable et forte.

Mais elle est de la race où la souffrance apporte
Un stoïcisme fier, et le seuil de sa porte
N'est point tendu de noir. Ses pleurs ne se voient pas
Et, pour ne pas toujours de deuil draper ses pas,

Elle a ceint ses cheveux du voile éblouissant
Où rayonne sans peur la croix, couleur de sang!
Elle va sans repos, sans que rien la soutienne,

Au chevet des douleurs où son chagrin s'endort;
De ses doigts généreux s'épanche beaucoup d'or;
Elle aime son pays, et c'est une Chrétienne!

Mâcon, avril 1915.

ARDUINA

O déesse d'erreur... O farouche Arduina !
Ton sommeil séculaire a donc été troublé ?
Et ton sol endurci, que le Franc profana,
A donc encor revu faucher comme le blé,
       Sa haute frondaison ?

Ton sauvage désir ne s'est-il pas éteint ?
Te faut-il donc toujours le sang du sacrifice,
Et l'ombre d'un druide, au seuil du froid matin,
Passe-t-elle toujours dans l'ambiance que tisse
       Sa tragique oraison ?

Et pourtant, sur la Gaule, a rayonné l'Amour
Du pur Crucifié ! — Veux-tu donc, Barbarie,
Le défier encore ? — et crois-tu que ton jour
Peut à nouveau régner sur la chère Patrie
       Qui vainquit Attila !

Peut-être lui faut-il laver encor de sang
Son cœur voluptueux, sa robe trop païenne ;
Mais l'holocauste est beau, sans effroi gémissant,
Car, plus qu'on ne le sait, son âme est bien chrétienne,
        Et son salut est là...

Et c'est votre heure ultime, ô combats si déments,
Que sonnent nos canons dans l'Ardenne sanglante,
Et c'est votre agonie, ô prêtres incléments,
Dont l'âme était restée, alourdie et mourante,
        Aux creux des buissons noirs,

Pour essayer encor d'allumer sous le ciel,
L'impitoyable feu d'un bûcher sacrilège !
Hélas ! vous avez pu, par un pouvoir réel,
Celui de Lucifer, trouver le privilège
        Pour un moment, d'asseoir

Votre orgueil insensé au cruel cœur germain !
Mais votre dieu, qu'il sert en sa sombre folie,
Lui montre du néant le terrible chemin
Et la France qui meurt, toute haine abolie,
        En suprême beauté,
Vole vers la Victoire et l'Immortalité !

Mâcon, avril 1915.

A LA MÈRE

DU LIEUTENANT JEAN PETIT

TOMBÉ AU CHAMP D'HONNEUR

Il avait un doux nom ; celui du Bien-Aimé
Qui posait son front pâle à l'épaule du Maître,
Et son cœur était pur, car vous aviez su mettre
Un idéal divin en son esprit formé
Par votre ardent amour..... Et quand il s'en alla,
Le regard grave et clair, de l'or neuf à la manche,
Par le soir si poignant de ce cruel dimanche
Où dans l'air assombri, le lourd tocsin sonna,
Vous ignoriez encor si, dans votre douleur,
Ne vibrait pas, plus forte, une fierté superbe !
Sur vos yeux embués sa lèvre, presque imberbe,
En murmurant : « Maman »... vous baignait de douceur...
Vous vouliez lui sourire au travers de vos pleurs
Car il était si beau !....... D'ailleurs pour la Patrie,

Il fallait en dépit de votre âme meurtrie,
Embellir son départ de symboliques fleurs !...
....
— « Mère !... sois courageuse » — « Au revoir, mon trésor. »
... Hélas ! ce fut la nuit, où la faible espérance
Vacillait en détresse au fond de la souffrance
Qui brisait votre vie... Et puis, quand il fut mort...
Ce fut le néant noir !..
                    Mais les jours ont passé !
Et si, par l'ouragan, vous avez dans les larmes,
Oublieuse un moment du destin de nos armes,
Courbé sous le fardeau votre front trop lassé,
Sachez sourire encore, ô pauvre femme en deuil !
Il avait dit : « Sois forte »... et son âme légère,
Comme un vol d'oiseau bleu, vibrant dans la lumière,
Palpite doucement, le soir, à votre seuil ...
Fermez vos yeux voilés, écoutez dans la nuit
Le silence mystique, où passe la présence
De ceux dont nous pleurons la déchirante absence.
Ils ne sont pas partis !..... C'est le futile bruit
Du monde puéril ; du monde où l'esprit dort
Qui les rend si cachés, qui fait leur voix muette.
Mais vous qui le savez, en votre âme secrète,
Laissez les ignorants ensevelir leurs morts
Dans le désespoir sombre où faiblit la raison ;

Laissez à l'incrédule, épris des formes belles,
L'indicible regret des images mortelles
Et regardez plus loin... par delà l'horizon!...

. . . .

Votre fils est vivant dans l'azur où frémit
La gloire des martyrs!....... Son sang couleur de rose
Va teinter de carmin l'églantine où se pose
L'abeille pour dormir lorsque descend la nuit;
Mais son amour d'enfant, comme son vaillant cœur,
Est demeuré plus vif... Ecoutez sa pensée
Près de votre cœur las si doucement pressée...
Du linceul de la terre il est sorti vainqueur!
Hélas! si vous pleurez, vous attristez son ciel,
Et vous tendez un voile entre vous et son âme.
Souriez-lui toujours!..... d'une orgueilleuse flamme
Emplissez vos doux yeux. Il est là, bien réel,
Votre trésor si cher!... Dans le printemps joyeux
Qui se lève, adorable, il a, comme un bel ange,
Rallié, jeune et fort, la brillante phalange
Des Morts qui vont chanter l'Hymne victorieux!...

Mâcon, avril 1915.

DE PROFUNDIS

Qui dira pour toujours l'âpre mélancolie
Des carillons de mort sur les jardins en fleurs !
Ils chantent aux vivants de la cité jolie,
Hospitalière et douce aux présentes douleurs ;

Qu'un soldat vient encore, en sa souffrance lente,
De donner au Pays sa jeunesse et son sang
Et qu'il s'en va dormir sous la terre clémente
De la ville paisible, en cet avril naissant.

Il n'aura pas hélas ! la famille nombreuse
Du village natal, pour suivre son cercueil,
Mais une foule amie, à l'âme généreuse,
Et les plis du drapeau lui tiendront lieu de deuil !

Le sanglot de sa mère, absente et désolée,
Plane au carillon noir, pleure au De profundis,
Mais la fleur de lilas, doucement étoilée,
Verse sur son convoi l'odeur du Paradis.

Et la mélancolie où faiblissait notre âme,
Au son du triste glas, se fond dans l'espoir fort
Du triomphe dernier, que le printemps nous clame,
Du ciel resplendissant, pour le glorieux mort.

Mâcon, avril 1915.

6

L'AUMONE

A Mlle de G.

C'était une âme sainte et, longtemps au couvent,
Elle avait joint les mains et chanté des cantiques,
Mais jamais nul n'avait, d'un tendre sentiment,
Vu palpiter l'éclair de ses yeux trop mystiques.

Pourtant lorsque la guerre ouvrit un champ très pur
Aux nobles charités pour les meurtris sans nombre,
Elle quitta bientôt l'asile calme et sûr
Où s'abritaient ses jours, dévotement, dans l'ombre.

Elle ceignit son front du voile immaculé
Où s'étoile la croix et s'en fut, mince et pâle,
A pas lents et feutrés auprès des mutilés
Sans peur de l'agonie et de son cruel râle.

Elle veillait la nuit aux chevets de douleur,
Murmurant des Ave et, de ses doigts d'ivoire,
Versant le blond tilleul à l'odorante fleur
Pour endormir enfin ceux qui criaient : « A boire ! »

Et ses soins s'attardaient, attentifs et pieux,
Auprès d'un grand blessé dont la longue insomnie
Peuplait le dortoir clos, vaste et silencieux,
D'une plainte étouffée, à la note alanguie.

C'était un pauvre gars du gai pays d'Angers,
Où le vin d'or pétille, au pur cristal sonore
Et donne au combattant un courage léger
Mais son flanc déchiré restait ouvert encore !

Son visage viril, de fièvre émacié,
Ses cheveux allongés et sa barbe oubliée,
Lui donnaient un reflet du Grand Crucifié !
Et la sainte, à Jésus, songeait vers lui pliée.

Mais lui ne savait pas le rêve surhumain
De ce regard de femme, adouci de tendresse,
Et soudain, sans parole, en lui prenant la main,
Il la pencha sur lui en geste de caresse,

Et mit sur son visage un long baiser bien fort.
Seigneur ! qu'avez-vous fait ? murmura défaillante
Et s'écartant, craintive en un tremblant effort,
Sœur Jeanne de la Croix émue et rougissante !

Seigneur !... est-ce une épreuve ? un grand péché de chair
Venu du Tentateur... et que rien ne pardonne ?... —
Le mourant souriait avec un regard clair
Et Sœur Jeanne comprit qu'elle avait fait l'aumône !

Elle offrit à Jésus, doux et compatissant,
Cet unique baiser... et, dans son cœur mystique,
Pour en calmer l'émoi, peut-être un peu troublant,
Elle redit tout bas un chaste et saint cantique.

Mâcon, avril 1915.

PAX

Dans le jardin très grand de la maison où flotte
Le drapeau virginal croisé de rouge sang,
Tombe une nuit d'avril où nul cri ne sanglote ;
Où dans l'air s'alanguit un parfum frémissant.

La rumeur des combats est très loin, dans l'espace,
Les grappes de lilas pointent vers le ciel bleu
Et dans le saphir sombre où nul écho ne passe,
Tout l'Infini vibrant chante son hymne à Dieu !...

Ils se sont endormis, les blessés de la haine
Qui meurtrit notre France ! Et, dans leur lit étroit,
Ils ont enfin goûté la grande paix sereine
Du toit hospitalier auquel ils avaient droit.

Et leur songe s'enfuit, libéré d'amertume
Par le sourire ému, par le geste berceur
De celle qui les veille en la nocturne brume,
Vers le foyer perdu plein de chère douceur...

Dans le jardin de rêve, une clarté magique
Baigne les arbres hauts d'un blanc reflet de gloire
Et d'un bouleau d'argent monte, en un son mystique,
Le chant d'un rossignol où passe la Victoire !...

Mâcon, avril 1915.

LA BELLE AU BOIS DORMANT

A Mademoiselle Daniel.

Dans la grand'salle, où glisse un clair-obscur bleuté
Par l'étoffe d'azur qui masque les lumières,
L'heure du couvre-feu doucement a tinté
Et sur les yeux vivants s'abaissent les paupières.

Ils dorment presque tous, comme de grands enfants,
Par tant de soins touchants leur fièvre étant calmée,
Et rêvent de retours, joyeux et triomphants,
Au cher pays natal où les attend l'aimée.

Et le visage doux qui, sur leur lit, le soir,
Se penche coutumier en sa ronde attentive,
Sourit à leur repos. Pourtant, dans un coin noir,
On entend bien le bruit d'une voix un peu vive,

Malgré le règlement !... Ce sont trois beaux soldats !
Les derniers arrivés du front, où l'on se tue
Et qu'enivre toujours la clameur des combats ;
Chasseurs encor vibrants de l'ultime battue !

Leur blessure est légère et le sommeil les fuit...
Ils ont trop vu souffrir, entendu trop de râles...
Et le silence lourd de la paisible nuit
S'emplit encor pour eux d'invisibles rafales.

Ce sont trois beaux soldats : un Flamand rose et blond,
Un Vendéen très rude et, plus petit, plus frêle,
Un jeune et gai garçon qui sonnait du clairon
Pour qu'on aille à la charge ainsi qu'avec des ailes !

Et tous les trois, entre eux, leurs lits bien rapprochés,
Se content les détails de la lutte terrible ;
Le nombre d'ennemis par chacun embrochés
Ou qui, dans le fossé, leur ont servi de cible.

Et leur esprit troublé revoit encor du sang
Répandu sur leurs doigts !... Mais une voix très pure
Les interrompt soudain, comme un bruit caressant ;
Comme un ruisseau très frais qui dans l'ombre murmure :

« Il faut dormir, petits !.. » et c'est tant émouvant
Ce maternel vocable imprégné de jeunesse
Et pour ces trois « poilus » qui n'ont plus leurs vingt ans,
Qu'ils tendent leurs deux mains en signe de tendresse !...

Toute menue et blanche, en sa robe de lin,
Se faisant un pas grave, un regard très sévère,
Celle qui porte au front le voile souple et fin
Où s'étoile la croix, que partout on révère,

Vient imposer silence !... Hélas ! ils n'ont pas peur,
Et déclarent, hardis, ces « petits » trop rebelles :
« Si vous voulez qu'on dorme, eh bien ! aimable sœur,
« Dites-nous une histoire, une histoire très belle ! »

Comment ne pas céder, quand on a dans le cœur
La grande charité, la charité divine ?...
Elle leur dira donc un récit très berceur
Qui monte à sa mémoire encor presque enfantine,

Et commence, à mi-voix : « Il était une fois... »
C'est un conte de fée où passe le mirage
D'une vierge endormie au fond d'un sombre bois...
Dans leur petite enfance, ils ont vu son visage.

7

« Il était une fois !... » Et tout le cher passé
S'évoque doucement; ne sont-ils pas encore
Les tout petits qu'on berce, après qu'ils sont lassés
De jeux trop excitants ?... Et leur lit blanc, que dore

Un grand reflet de lune au travers d'un rideau,
N'est-il pas surveillé par la forme angélique
Du Gardien que Dieu donne en mystique cadeau,
Aux hommes exilés par l'orgueil diabolique ?...

La conteuse reçoit la lunaire clarté
Comme un reflet de ciel et sa robe est drapée
De pensive attitude à l'antique beauté
D'un Tanagra fragile, à tête enveloppée.

Le dortoir est peuplé de souffles apaisés.
Dans l'air ensommeillé la symbolique histoire
Plane comme un bruit d'aile où passe un pur baiser,
Et mêle un chant d'amour aux rêves de victoire !

Les « petits » sont muets, écoutant sagement,
Désormais oublieux de tant d'horreur tragique
Et le sommeil qui prend la Belle au Bois dormant
Étend bientôt sur eux son vol doux et magique...

N'est-ce point un spectacle étrange autant que beau :
Ces héros endormis dans un rêve si chaste,
Sous le regard ému et clair comme un flambeau,
D'une femme isolée en cette salle vaste ?...

N'est-ce point un miracle, un prodige charmant,
Que seule a pu créer la Pitié féminine ?...
Et n'es-tu pas, ô France !... ô Belle au Bois dormant !
Celle que réveilla l'émotion divine ?...

Dans le païen souci d'un incessant plaisir
Tu dormais, ignorante, et ton heure est venue !...
Ton cœur s'est animé d'un sublime désir
Et ton Christ s'est dressé de nouveau sur la nue !...

Et c'est pourquoi tes fils, autrefois incroyants,
Ont leur âme, à présent, de grande foi saisie
Et peuvent s'endormir, comme de purs enfants,
Bercés par l'Idéal et par la Poésie !...

Mai 1915.

A GUILLAUME

O Fils de Lucifer,
Tes rêves sataniques
Et ton règne de fer
Vont s'abîmer, tragiques,
Dans la nuit et le sang !
Et l'horrible démence,
En ton esprit, naissant,
Empereur sans clémence,
Achèvera, cruelle,
Ta vie et ton orgueil ;
La démence éternelle
Dont tu franchis le seuil !...
Dante eût créé pour toi
Un cercle plus terrible,
Une plus dure loi
Pour ton âme insensible,
Et tu les trouveras,

O prince impitoyable,
Car rien n'excusera
Ta fureur effroyable !...
Néron fut le couchant
De l'ancien paganisme,
Attila recherchant
Proie à son égoisme,
N'avait pas de la Croix
Connu l'œuvre nouvelle.
Mais la sublime Voix,
Divine et fraternelle,
Sur ton peuple germain
A résonné, féconde,
Et ton geste inhumain
N'est plus de notre monde !...
O Chevalier teuton
Qui veux du Christ même
Invoquer le doux nom !
Ton cri est un blasphème...
Bourreau de la beauté,
Que tu détruis, farouche ;
Traître à la loyauté,
Inconnue à ta bouche ;
Fléau de l'Idéal
Où revit notre France ;

Ton nom seul est un mal ;
Ta vision, souffrance ! —
Écoute... O fou cruel,
Dans l'espace des âges,
Le reproche éternel...
Vois l'effrayant mirage
Des innombrables morts
Qui, dans leur agonie,
Resteront ton remords
Et ta peine infinie :
Pauvres vieux immolés
Sous la crosse barbare ;
Tout petits mutilés
Par un supplice rare ;
Femmes qu'on égorgea
Dans une douleur lente,
Car on les outragea
Pour combler l'épouvante ;
Prisonniers se mourant
D'une longue misère
Et soldats expirant
De vapeurs délétères ;
Souffle impur de Satan
Qui fut ton privilège !
Surhomme ou Léviathan

Qui n'es qu'un sacrilège
Tu devras tout revoir;
Horreur hallucinante,
Sans jamais recevoir
En ton âme démente
L'éclair du pur regard
D'un amour pitoyable.
Tu le verras, hagard,
Dans le temps, innombrable,
Le sinistre convoi
De toutes les victimes
De ta guerre sans foi
Et sans honneur ultime.
Chacune reviendra :
Même les hirondelles
Dont le nid s'effondra
Dans les flammes cruelles.
Même du fond des eaux,
Pacifique et hautaine,
L'âme des grands vaisseaux
Que poursuivit ta haine.
Même l'esprit géant
Des beaux temples gothiques
Surgissant du néant
Radieux et mystiques !...

Et je crains, ô païen,
Que l'Éternité lente
Ne soit peut-être bien
Trop brève et trop clémente
Pour ton crime royal !
Car il te faudra vivre,
En un destin fatal,
Tous les maux dont s'enivre,
Guidé par ta fureur,
Ton vil peuple, odieux
D'avoir mis l'Empereur
Au nombre de ses dieux !
Et ton titre agrandit
A l'incommensurable
Ton avenir maudit
Et ton sort misérable,
Puisque Dieu te retient,
En ultime Justice,
Tous les forfaits des tiens
Qui furent tes complices !..
Tu seras poursuivi
Dans l'éternité d'ombre,
Par le funèbre cri
Des égorgés sans nombre ;
Aussi par la clameur

De tant d'âmes damnées
Par ton verbe menteur
Et pour toi condamnées !
On tremble !... en y songeant !
O Chevalier du Cygne !
Du bel oiseau si blanc
Tu dérobas l'insigne
Mais le drame est fini !...
Et le rideau qui tombe,
Ne te laisse après lui
Que le corbeau des tombes !
L'Amour s'est éloigné !
Ton pacte diabolique
Etait trop bien signé
Roi méphistophélique
Le monde tout entier
Te renie et te chasse
Et, pour n'avoir pitié
Jésus voile sa face !...

Mai 1915.

8

« MAMAN »

A Madame Laurencin.

On dit que, lorsque le soir tombe
Sur les champs sacrés où l'on meurt ;
Où chaque pas creuse une tombe,
Une déchirante rumeur
Monte du sol, de sang, tout rouge,
Dans l'air, de détresse angoissé,
Jusqu'à l'heure où nul plus ne bouge
Des agonisants délaissés !...
Et ce murmure lamentable,
Qui frissonne au vent de la nuit,
Est fait de l'éternel vocable
Éclos aux lèvres des petits !
Sur le seuil de la mort cruelle,
Il revient au cœur des héros :

Ce sont les amours maternelles
Qu'ils implorent sous leurs yeux clos...
Et ce cri de « Maman ! », tressaille
Jusqu'au sein des cieux entr'ouverts ;
Jusqu'au fond même des entrailles
Des femmes, dans tout l'univers !

. . . .

Sur les lits de longue souffrance,
C'est encor cet appel divin
Qui vibre comme une espérance,
Comme un remède, le moins vain.
Et ceux que d'amères tristesses
Ont sevré d'air familial,
Dans leur délire, ont des tendresses
Où l'enfantin mot filial
S'en va vers la femme voilée
Qui, sur eux, se penchait en sœur
Ainsi qu'une Victoire ailée.
Mais l'inexprimable douceur
Du mot saintement adorable,
Du mot puéril et charmant,
La change en ange secourable
Qui leur tend les bras en « Maman » !

Mâcon, mai 1915.

JEHANNE A REIMS

Dans l'abside déserte où flotte, au lieu d'encens,
L'âcre odeur de la poudre, où le jour cru descend
Comme un brutal vainqueur, dans l'ombre des chapelles
    Dont plus rien ne rappelle

Le clair obscur dévot et si doucement bleu
Des vitraux arrachés par le fer et le feu,
Est-elle encor debout, la figure mystique
    Au geste hiératique,

De la Pucelle chère à la cité des rois ?
Elle était là, dressée au lieu même où sa foi
Reçut du royal sacre, émouvant et sublime,
    La récompense ultime.

Elle semblait prier, ainsi qu'un grand lis droit
Sous la guerrière armure et sous le casque étroit,
Et ses doigts se croisaient au pommeau de l'épée
    Qui traça l'Épopée !

L'étendard virginal flottait à son côté,
Afin qu'à son reflet il ne fût rien ôté ;
Mais dans ses yeux mi-clos passait un rêve triste
    Qu'avait voulu l'artiste,

Et dont le sens obscur échappait à tous ceux
Qui s'en venaient fleurir son souvenir pieux.
Que de fois, dans le soir, où planait le silence
    De la sainte Présence,

O Jehanne ! j'ai souffert d'un indicible émoi !
Que de fois j'ai cherché, dans ton regard, pourquoi
Tu semblais me comprendre, en ma peine secrète,
    En mon âme inquiète ?

O Sainte, douce et forte, à quoi songeais-tu bien ?...
Était-ce au crime proche où le Prince païen,
Malgré la croix qu'il porte, a voulu, de sa gloire,
    Assombrir ta victoire ?

Voyais-tu déjà luire, aux voûtes d'Idéal,
La flamme sans merci dont tu connus le mal ?
Et ton hymne muet chantait-il l'espérance
    D'une autre délivrance ?

Savais-tu que le feu de ton bûcher fumant
Allait se rallumer pour la France, un moment ?
Puisqu'il n'est point, hélas ! de rachat en justice
    Sans l'or du sacrifice !...

Au fond du chœur éteint, Jehanne es-tu là, pourtant,
Pour railler le départ de l'Empereur brigand ?
Et, puisqu'il a passé sans te pouvoir détruire,
    Jehanne ! vas-tu sourire ?

Mâcon, mai 1915.

DEBOUT! LES MORTS

Qui donc a dit ce mot ultime,
Qui donc a senti que les morts
Ne sont pas couchés dans l'abîme
Où se repose enfin leur corps ?

Qui sait que leur âme vivante
Est debout dans le clair matin
Et ne s'en va point tout errante
Chercher un Paradis lointain ?

Le ciel de nos morts héroïques,
C'est d'abord le combat vainqueur
Et les cohortes angéliques
Qui chantent la victoire en chœur,

Les accompagnent sur la terre
Où plus que jamais s'accomplit
L'ineffable et troublant mystère :
La communion des Esprits.

Pour les guider dans la mêlée,
Invisibles et combattants,
Le bel Archange à forme ailée,
Celui qu'ont aimé les Normands

Et par qui l'alliance heureuse
S'est faite au delà de la mer,
Plane dans l'Aura lumineuse
Que ne peut troubler Lucifer.

Il porte, en gage de victoire,
Le glaive flambant et la Croix,
Sans laquelle il n'est pas de gloire,
Et dans son sillage se voit

La pure et douce Bienheureuse
Qui veut le triomphe divin
De sa France tant douloureuse
Et qui rendra ton effort vain,

O Teuton dément et barbare !
« Debout ! les Morts. » Formez, hardis,
Le régiment sacré qui pare,
Comme au temps béni de jadis,

Autour de Jehanne de Lorraine,
La défaite où l'on perd l'honneur.
Allez sans crainte, allez sans haine
Dans l'Invisible, protecteur !...

Vous êtes Légion de fête,
Car avec vous marchent, joyeux,
Tous ceux qui rêvaient de conquête
Quand le trépas ferma leurs yeux ;

Tous ceux qui, jadis, ô Patrie,
Ont défendu ton sol ancien
Et dont l'âme est toujours meurtrie
Quand l'ennemi le veut pour sien.

« Debout ! les Morts. » C'est l'heure auguste
Où va triompher l'Idéal,
Où l'oraison du divin Juste
Enfin nous délivre du mal,

Où le règne de « Notre Père »,
Par Sa céleste Volonté,
Arrive sur la sombre terre.
« Debout ! » c'est pour la Vérité !...

Mâcon, mai 1915.

9

LE BOUQUET

A Mademoiselle Marthe Forget.

Au chevet dangereux d'un enfant de vingt ans,
Atteint par la mitraille et la fièvre qui tue,
Elle a; pendant des nuits et pendant des jours lents,
Lutté contre la mort sans se dire abattue.

Mais la mort a vaincu ! L'enfant s'en est allé
Dormir au sein fécond de la Terre fleurie
Et la vierge attentive, au front pur et voilé,
A défailli bientôt, du même mal, meurtrie !

Pourtant on l'a sauvée ; après des jours nouveaux
D'un épuisant combat contre l'ombre mortelle
Et, par un soir charmant, où les parfums dévots
Des lilas printaniers chantaient l'hymne éternelle,

On l'a, convalescente et frêle en sa pâleur,
Doucement emportée au jardin qui palpite
De chants d'oiseaux bavards, ignorant la douleur ;
Au jardin des blessés où l'on guérit si vite.

On sait que la malade a pu sortir enfin,
Et ceux qui l'admiraient, inlassable et si tendre,
Auprès du camarade au clair regard éteint,
Guettent son arrivée, afin de la surprendre

D'un sourire amical et d'un bonjour joyeux.
Et voici qu'un « marsouin » qui fut l'ami de guerre
De celui qui mourut, a voulu faire mieux.
Il s'avance, tremblant, lui qui pourtant naguère

Avait marché hardi dans le bruit du canon.
Ainsi qu'un souple mât qui tangue dans la brise,
Il glisse en hésitant comme un petit garçon
Et cache quelque chose aux plis de sa chemise.

Enfin, d'un geste gauche, il tend en rougissant
A celle qui fut l'ange et la charité douce
Près du lit douloureux du jeune agonisant,
Un bouquet frais cueilli dans l'herbe et dans la mousse.

C'est un don puéril, un bouquet enfantin ;
Les corolles en rond, se pressent, symétriques,
Aucune n'a le droit de prendre l'air hautain
En dépassant ses sœurs. Une main énergique

A lié le bouquet auquel on voudrait voir
En raide collerette, un beau papier de tulle ;
Mais c'est un luxe hélas ! qu'on ne peut pas avoir
Quand on n'est pas gradé et que la bourse est nulle.

Pourtant ces humbles fleurs qui tremblent dans les doigts
De ce grand gars très doux, ont fait monter des larmes
Aux yeux encor pâlis de celle qui les voit :
Elles ont pour son cœur un indicible charme.

Ce sont des fleurs des champs au léger tissu fin :
Pâquerettes blanches dont le revers est rose ;
Des pervenches aussi, couleur de bleu de lin ;
Ce sont de simples fleurs qui valent peu de chose,

Mais la main qui les tient a combattu pour Toi,
O notre douce France, et l'âme tricolore
De ton drapeau sacré, que nous aimons en roi,
Vibre au petit bouquet en couleurs qu'on adore !

Et c'est bien suffisant pour qu'il soit précieux
Comme un cadeau royal ; pour qu'on sente dans l'âme
Un frisson de tendresse en y posant les yeux,
Pour qu'un regard éteint y retrouve sa flamme !

Mâcon, mai 1915.

COR JESU

C'est encore un départ ! et, dans l'ombre épaissie
Des polownias touffus, sur la place envahie,
La compagnie attend pour reformer ses rangs
Que l'ordre en soit donné. Les adieux déchirants

Se font discrets et brefs ; on veut plutôt sourire
Que pleurer devant tous ; on n'a rien à se dire
Qui soit plus éloquent et de plus tendre voix
Que l'indicible étreinte où se brisent les doigts.

Et l'on reste muet ! Et c'est le moment grave
Où sans respect humain, avec un geste brave,
Des femmes vont sans bruit, épingler aux képis
Le symbole empourpré des « Sacrés-Cœurs » bénis.

Parfois on les reçoit d'un grand merci sincère
Si la foi veille au cœur invincible et première ;
Parfois on leur sourit, si la main est jolie
Qui tient l'emblème saint et, d'une voix polie,

On dit encor merci. Mais hélas! il arrive
Qu'on plaisante à mi-mots et, l'esprit en dérive,
Se croyant esprits forts, qu'on « blague » lourdement
L'insigne aimé pourtant des sœurs et des mamans.

Et je ne sais plus bien s'il est prudent et sage
De disperser ainsi la symbolique image
Au hasard et sans choix; j'aurais voulu surtout
Qu'elle fût d'art réel et d'impeccable goût.

L'instinct des ignorants s'inclinerait quand même
Si l'insigne était beau, car la foule vous aime
Éternelle Beauté! et votre pur reflet
Doit émaner du Cœur adorable et secret.

Pourquoi lui prêter forme alourdie et pareille
A notre pauvre cœur, alors qu'une merveille
De lumière et de feu doit entourer le Cœur
De Jésus glorieux et de la mort vainqueur ?

O Maître! Ta Pitié pour la misère humaine
Fit palpiter jadis d'émotion certaine
La forme que tu pris pour nous secourir mieux
Et, seul, dans l'éther pur, Ton Corps si radieux

Brillant comme le jour, à l'heure de l'aurore,
Quand le soleil levant de splendeur le décore,
S'est conservé vivant, subtil et transmué
Pour nous aimer encor d'amour humanisé !

Mais, si dans l'auréole où Ta Face divine
Resplendit à jamais, il se peut qu'on devine
L'incandescent Foyer de Ton Cœur enflammé,
Si d'un humain contour Il doit être enfermé,

Son éclat rayonnant doit dominer la Forme
Afin que l'Amour vive et que la chair s'endorme !
Pour créer des héros, trois couleurs ont suffi ;
Pour redonner la Foi, ô Patrie, à tes fils,

Ornons ton étendard du Christique symbole
Mais que Ton nom, Jésus, y passe en parabole
Dans le rayon brillant et, comme un rêve, beau,
D'un cœur miraculeux peint sur notre Drapeau !

Mâcon, juin 1915.

LES   BABOUCHES

A Mademoiselle Suzanne Desvignes.

« Li » était mitraillou
Et c'était un grand diable,
Beau comme un marbre roux,
Fils du pays du sable.

« Li » avait tant et tant
Troué « cabêches boches »
Que tout son régiment
Aurait pu, dans les poches,

Se reposer les mains.
Et ce serait la fête
Quand du Kaiser germain
« Li » couperait la tête !...

Et malgré son genou
Raidi d'une blessure,
Terrible !... en tiraillou,
Il esquissait l'allure

Du mitrailleur mortel
Et l'on frissonnait presque
Au spectacle cruel
Qui s'évoquait en fresque.

Il avait cependant,
Pour la « Fatma francise »,
Un bon regard d'enfant,
Quand près de lui, assise,

A l'heure du repos,
Elle écrivait la page
Qu'il dictait à mi-mots,
Avec un grand air sage,

Pour le père lointain.
Il disait mille choses
En langage enfantin,
Avec de courtes pauses.

Pour remercier Allah !
Aussi le grand Prophète,
Par qui seul on aura
La certaine conquête. —

Il envoyait des sous...
Pourquoi garder sa bourse ?
Peut-être qu'un grand trou
Arrêterait sa course ?

D'ailleurs, il aimait bien
Répandre sa fortune
Et dépenser son bien
Sans raison opportune.

Un jour, il déclama,
Au courant d'une lettre,
Que pour « douce Fatma »
Qui savait si bien mettre

Un baume à sa douleur,
Il voulait des babouches
De riante couleur !
Et, sur un ton farouche,

Il enjoignit au loin
Qu'on envoyât bien vite,
Avec le plus grand soin,
Et comme aux favorites,

Mules au cuir soyeux.
Ce fut donc grande joie
Lorsque, très précieux,
En son papier de soie,

Arriva le paquet !
« Li », avec un sourire,
L'ouvrit... mais, inquiet,
S'arrêta sans rien dire !

Les mules étaient là,
Couleur d'ardente rose
Où le discret éclat
De très peu d'or se pose,

Aussi souples qu'un gant...
Mais, hélas ! assez grandes
Pour chausser le Sultan !
Que Mahomet l'entende !

C'était un vrai malheur,
Car la Fatma, jolie
En toute sa blancheur
Comme une aube fleurie,

Avait un pied d'enfant !...
Et devant ce désastre
« Li », le grand combattant,
Prit à témoin les astres

De son esprit troublé...
Près de sa mitrailleuse
Il n'avait pas tremblé,
Et son âme rieuse

Avait raillé la mort !...
Mais les babouches vaines
Étaient trop cruel sort.
Et, telle une urne pleine

Laisse couler un pleur,
Mohammed eut des larmes,
« Li » le bouillant vainqueur,
Comme un vaincu sans armes !

Mâcon, juin 1915.

CHANTEZ, LES BLEUS !

Chaque matin, sous ma fenêtre,
Un bataillon passe en chantant.
Ce sont les Bleus !... Ils sont peut-être
Destinés à souffrir autant
Que leurs anciens, dont tant deviennent
Pitoyables !... dont tant sont morts !...
Les Bleus savent que peu reviennent,
Mais leur chant monte haut et fort !
Narguant la souffrance prochaine,
Ivres de joie et de gaîté,
Ils vont sans souci et sans haine
Et sauront mourir en beauté !...
Du vain néant, comme des « Boches »,
Ils se savent d'instinct vainqueurs ;
Ils sentent que les trépas proches
N'atteindront pas leurs jeunes cœurs ;
Qu'on le croie ou bien qu'on l'ignore,

La Vie est seule Vérité ;
Le tombeau renferme une aurore ;
La mort n'est pas réalité !...
Et dans les âmes primitives
Le Vrai dort, inconnu souvent,
Mais jaillit d'une clarté vive,
Et comme l'Esprit, plane au vent !...
... Et la chanson des Bleus frissonne
Jusqu'au firmament radieux ;
Non la cantilène teutonne
Qui passe, sombre, en l'air brumeux,
Mais une fanfare éclatante,
Vibrant dans l'air comme le cri
De l'oiseau fier ; âme bruyante,
Qui pointait aux clochers détruits !
Et c'est aussi l'âme celtique
De notre pays lumineux
Qui passe en leur chant symbolique.
Chantez toujours... Chantez les Bleus !...

Juin 1915.

LES GARS BRETONS

A Ch. Le Goffic.

Ce sont de rudes gars ! et, pourtant des timides,
Mais leur silence est fait de courage éloquent.
Sur les brancards qu'on porte, ils demeurent rigides
Et sous le bistouri, douloureux et fréquent,

Gardent un front très calme et des regards limpides.
Ils savent cependant combien seront manquants
Lors du retour béni vers les côtes humides
Où leur songe volait sous les abris des camps !

Mais ils savent aussi que, sur les landes roses,
Trépassés et vivants, au clair de lune, causent
Et qu'on revient toujours au Pays de Léon ;

Qu'on revoit Saint-Brieuc ou la Montagne Noire ;
Tous les « clochers à jour » dont on connaît l'histoire...
Et la Mort sourit presque au cœur du gars Breton !

Juin 1915.

LA BERGERIE

A M. et Mme Emile Goyon.

C'est un asile doux, comme son nom rustique.
Virgile l'eût chanté ;
Mais il y plane aussi, du pays romantique,
La touchante beauté.

Et, dans l'éther léger doit passer, attendrie,
L'âme couleur d'azur
Du poète qui fut l'écho de l'Harmonie
Et de l'Idéal pur !

Le seuil du logis simple est parfumé de roses ;
Un bouquet d'arbres frais
Le baigne d'ombre pâle, où le regard se pose,
Où l'esprit se complaît

Pour admirer, ravi, les horizons magiques.
Aussi loin qu'on peut voir,
Le contour vaporeux des collines, mystiques,
Lorsque descend le soir,

S'irise dans l'air bleu ! — Nulle clameur humaine
Ne trouble la splendeur
Du silence vivant ! — On domine la plaine
Et sa vaine rumeur !

Et pourtant, c'est la guerre, au lointain, dans la brume !...
Mais on peut l'oublier ;
On ne peut pas songer à sa noire amertume
En ce lieu familier.

Ses hôtes ont créé, d'une atmosphère heureuse,
La paix et la douceur,
Par le rayonnement d'une âme lumineuse
Et d'un fraternel cœur.

On se prend à rêver, sous leur toit sympathique
D'universel amour,
De l'Eden retrouvé, sans voisin diabolique,
De calme pour toujours !

Il semble que la lutte est un cauchemar d'ombre
Enfanté par la nuit ;
Qu'il n'est pas vrai qu'au loin se répand la mort sombre
Dans le sang et le bruit !

Ici, c'est la Bonté ! — La voix sonne très pure,
Le sourire est aux yeux,
Et la sérénité d'un grand bonheur qui dure
Vibre dans l'air joyeux !

L'odeur des foins coupés palpite, forte et saine,
Sur le velours des champs,
Comme une naturelle et bienfaisante haleine.
Les bois sont pleins de chants.

A l'horizon s'étage, en un dessin de rêve
Et couleur d'arc-en-ciel,
Emblème de céleste et pacifique trêve,
Le profil irréel

Des montagnes en fleurs. — Et l'on sent la Prière
Monter comme un encens
De notre être exalté par toute la Lumière
Qui du Zénith descend.

Et quand le crépuscule apparaît, diaphane,
Quand le troupeau lassé
S'en revient doucement dans les prés où l'on fane,
En un groupe pressé,

On cherche, au couchant d'or, la Vision divine
Du sublime Berger
Emportant dans ses bras et contre sa poitrine,
La brebis en danger !...

Mâcon, juin 1915.

LA PETITE GUERRE

Tantôt, sous le ciel doux où s'endort le jardin,
Dans l'ombre d'une allée, attiédie et rêveuse,
Qui mène à l'hôpital, j'ai vu passer soudain
Une étrange patrouille, invalide et joyeuse.

Ils étaient dix ou douze.... enfin sortis du lit
Où, pendant de longs jours d'indicible souffrance,
Ils ne se sont pas plaints, malgré leur front pâli,
Pour attester leur foi en ton salut, ô France !

Dans le parc embaumé par la senteur des foins
Ils ont, convalescents, comme des enfants frêles,
D'abord à petits pas, et protégés de soins,
Marché sur des gazons où des mains maternelles

Ont guidé leur effort. — Maintenant ils sont « grands »...
Hélas ! il est pourtant des manches qui sont vides...
De pauvres doigts brisés et, pour aller en rang,
Des genoux trop raidis.... il est d'affreuses rides

Sur des fronts de vingt ans !.. Cicatrices d'horreur
Où le regard n'a plus qu'une demi-lumière ;
Il èst des souffles brefs, dont la mère aura peur...
Qu'importe ! ils sont vivants et leur âme est entière !

Leur âme juvénile où l'ardeur des combats,
L'ardeur de la croisade, aussi dure que sainte,
Ne s'est point ralentie et leurs premiers ébats,
Quand ils ont retrouvé leur force presque éteinte,

Sont le fier simulacre, en gestes émouvants,
De la « petite guerre » ! — Ils ont pris des béquilles
Pour s'en faire un fusil ; — du grade de sergent
Ont décoré l'un d'eux, dont le clair regard brille,

Mais dont le bras encor de lin blanc est bandé.
Ils rampent à sa voix vers un buisson paisible
Recélant l'ennemi... On a recommandé
D'être d'abord muets — puis, c'est l'assaut terrible !

Et les armes de bois se lèvent au soleil. —
Le cri de « Vive France ! » en fanfare résonne...
On a fait des captifs, et, dans le soir vermeil,
On ramène, en riant, le Kronprinz en personne !

De quel sourire ému je vous ai vus passer,
Héroïques gamins, dont la barbe est poussée !
Mutilés glorieux que rien n'a pu lasser
Et qui n'avez toujours qu'une seule pensée,

Celle de la victoire ! — On ne peut qu'y songer
Quand tes enfants, Patrie, ont encor le courage
De faire un jeu sacré du frissonnant danger
Dont ils ne pourront pas rayer la sombre page

Écrite en leur blessure... — Et l'on reste ébloui
De cette Ame française où la douleur se raille ;
De ces cœurs de vaillance où, superbe, a fleuri
Le regret surhumain des mortelles batailles !

Juin 1915.

A MADAME LA BARONNE DU TEIL

Au trot d'un vieux cheval, qui garde l'élégance
D'une très noble bête, elle s'en vient, souvent,
De son logis lointain, visiter l'Ambulance
Dans le soleil joyeux ; dans la pluie ou le vent.

Son blason est doré ; mais, près de la souffrance,
Elle est presque timide !... elle sait bien qu'avant
Les riches d'ici-bas, Dieu compte la vaillance ! —
Sa profonde bonté n'a rien de décevant —

Elle entre sans tapage et glisse au pied des lits
D'un pas silencieux.., s'arrête aux fronts pâlis
Avec un regard tendre, et... parfois, sans rien dire,

Car elle a peur des mots, serre les doigts fiévreux. —
Et quand elle a passé dans les rangs douloureux,
Il flotte en l'air, moins lourd, un bienveillant sourire ! —

Juillet 1915.

MADRIGAL

A Mademoiselle Marthe Surcout.

Vous m'avez dit, coquette,
« Je voudrais bien des vers ! »
Puisque c'est votre fête
Et que le jardin vert

Insoucieux des choses
Tragiques du lointain,
Vous offre encor des roses
Écloses du matin,

J'apporte aussi des rimes
Afin de vous charmer
Qui, sans être sublimes,
Pourront se faire aimer,

Car je veux être aimable :
Louer vos regards bleus,
Votre grâce adorable,
Votre chant qui m'émeut...

Mais hélas ! j'ai plus d'âme
Qu'un beau rosier d'été
Et dans mon cœur réclame,
Comme un glas attristé,

L'obsédante pensée
De la Patrie en deuil
Et trop longtemps blessée !
—Donc, je m'arrête au seuil

De ce madrigal tendre
Fait pour des jours meilleurs.
Vous saurez mieux entendre,
Il me semble d'ailleurs,

L'éloge sympathique
De votre charité
Qui vous fait angélique
Et toute de clarté ;

12

Petite sœur jolie,
Qui passez des jours lents
Dans la mélancolie
D'un asile dolent.

Mais on y sert la France !
A l'ombre d'un drapeau
Protecteur de souffrance
Et votre rôle est beau !

Et plus que votre charme,
Cela sera compté,
Pour le sort de nos armes,
Au Livre d'Équité.

Juillet 1915.

LES « POUSSINS »

A Mademoiselle Marthe Teyssot.

La salle n'est pas grande. — Un air d'intimité
Familiale et pure imprègne l'ambiance
De repos attiédi et c'est, pour la souffrance,
Comme un nid apaisant, chaudement duveté.

Chaque blessé fragile, en son lit dorloté,
D'un prompt allégement a reçu l'assurance,
Car celle qui les veille a, de belle espérançe,
L'âme tout éclairée. — En ses yeux de bonté

Rayonne des « mamans » l'amour délicieux
Et pour tous ces « petits » imprévus et nombreux,
Elle élargit son cœur comme un oiseau son aile.

Eux, faibles et dolents, se croient encore enfants
Et se prêtent, très doux, à tous ces soins touchants,
Comme des « poussins » chers dans l'ombre maternelle.

Juillet 1915.

ORAGE

Le ciel s'est obscurci. Comme un souffle puissant,
Le vent mystérieux, sanglote aux cimes vertes.
D'un livide reflet les routes sont couvertes
Et le soleil voilé paraît couleur de sang !

Soudain, sur la colline où se clôt l'horizon,
Mollement estompé d'améthyste très sombre,
De fulgurants éclairs, où notre regard sombre,
Font murmurer tout bas une brève oraison.

Et dans l'air étouffant, passe terrible et sourd,
Le roulement mortel d'un flamboyant orage !
Mais je ne sais pourquoi, tant que le bruit fait rage,
Tant que l'éclair m'aveugle, en mon cœur, triste et lourd,

Une indicible paix se fait, étrangement !
C'est comme une harmonie où se calme mon trouble
D'être loin des combats et des champs où redouble
La tempête de fer. — J'ai le remords, vraiment

De tant de quiétude, en ce pays heureux,
Tandis que la douleur croît aux tragiques plaines
Où l'on tue, où l'on meurt, l'âme d'angoisse pleine !
J'ai honte d'écouter les chants clairs et joyeux

Des oiseaux ignorants, de respirer le soir
Les parfums endormeurs des grands lis et des roses,
De posséder sans crainte et sans souci, les choses
Que d'autres n'auront plus ; et, la nuit, de pouvoir

Dormir sous un toit sûr ! Et c'est pourquoi le son
Du tonnerre éclatant, la lueur dangereuse
Du firmament noirci ne me font pas peureuse !
J'y trouve enfin l'accord d'un intime frisson

Avec les êtres las de vivre dans l'horreur !
Et je préfère au bleu des clartés azurées,
Qui semblent dédaigner les âmes déchirées,
Le nuage orageux où plane la terreur !

Juillet 1915.

REFLET

Mon Dieu ! j'ai l'âme en noir malgré le soleil clair ;
Malgré les chants d'oiseaux dans le feuillage vert ;
Malgré la grande Paix palpitant sur la ville,
Si loin des champs d'horreur et du combat hostile.

Il me semble parfois que je vois, au travers
Du riant paysage, un tragique revers,
Fait des autres cités qu'on brûle et qu'on mutile
Et j'aperçois du sang où le soleil rutile !

Dans la brise, j'entends passer le lourd sanglot
Des épouses en deuil. Je sens monter le flot
Des larmes submergeant le cœur de tant de mères !

Mon âme se remplit de toutes les douleurs
Et je crains, ô mon Dieu, quand nous serons vainqueurs,
Qu'il reste dans ma joie une saveur amère !

Mâcon, juillet 1915.

LA MARCHE

Dans l'aube fraîche et pâle ils s'en étaient allés
Vers les proches coteaux pour apprendre la guerre
Et remplacer bientôt leurs aînés qui, naguère,
Étaient partis, là-bas, aux pays désolés.

Le soleil a gravi le zénith éclatant.
Ils s'en reviennent las, sur la route poudreuse;
Pour leur frêle printemps la charge est douloureuse
Du sac et du fusil, dont ils sont fiers pourtant! —

Mais les fronts sont mouillés, les pas se font pesants,
Et peut-être qu'un peu de détresse se glisse
Au cœur de ces enfants dont la jeune milice
Est l'adorable fleur des espoirs apaisants.

Soudain, dans la lumière, où l'or des cuivres lourds
Rayonne entre les doigts des musiciens qui passent,
Un geste impérieux a traversé l'espace
Et la fanfare éclate... et monte dans le jour!

C'est un air familier, à la fois tendre et fort;
Dans son chant élargi vibre l'âme de France,
Amoureuse de gloire au prix de la souffrance
Et cherchant l'idéal d'un inlassable effort.

Le thème, grave et pur, plane très haut dans l'air
Enveloppé pourtant de mélodie ardente
Où vont s'alanguissant des notes frémissantes
Mais d'un rythme scandé comme un pas libre et fier !

Et voici qu'un prodige apparaît, révélé,
Dans la marche attardée, où tant de lassitude
Avait brisé les corps, où, seule l'habitude
Du geste inconscient guidait les yeux voilés : —

La vie est revenue aux beaux regards ternis;
Le sourire a fleuri sur les bouches dolentes;
Sous le poids écrasant, les tailles fléchissantes
Se cambrent hardiment ! — Tous les maux sont finis!

Et le régiment vole ainsi qu'un jeune dieu
Porté par le mystère et la force infinie
De ton essor puissant, ô divine Harmonie !
Car le Son qui créa, frissonne en l'éther bleu ! —

Juillet 1915.

LE GRAND-PÈRE

A Mlle de Sérans.

Il était de ces vieux qui, sans peur, n'ont pas fui
Quand le « Boche » envahit la province natale
Et qui se sont courbés sous l'emprise fatale,
Désespérés pourtant de revoir l'ennemi.

Il avait eu vingt ans jadis, quand la douleur
De la Défaite avait mutilé la Patrie ;
Il en avait gardé son âme endolorie
Et préférait la mort à ce nouveau malheur !

Aussi, ce fut un jour de résurrection
Quand on reprit bientôt ce hameau de Lorraine
Où le vieux se mourait de tristesse et de haine,
Épargné cependant sans explication.

Lors, rajeuni soudain, il suivit nos soldats,
Suppliant qu'on le mît sans égards à l'épreuve ;
Il obtint un fusil, une capote neuve
Et désormais prit part à tous les durs combats.

13

Il était plein d'ardeur; mais l'hiver froid et long
Fut plus cruel pour lui que la lourde mitraille;
Il ne fut pas couché sur un champ de bataille
Mais ses membres perclus le firent moribond...

Et c'est pourquoi, le soir d'un jour, hélas! sanglant,
Parmi des grands blessés, des enfants au front pâle,
Dont plus d'un s'éteignit en un suprême râle,
On emporta le vieux, immobile et mourant.

Maintenant il est là dans le blanc hôpital
Peuplé de regards purs; où tant de douceur plane
Et chasse la mort sombre. — Il boit de la tisane,
Il dort dans un lit chaud et c'est un idéal

De bonheur, inconnu pour ce vieux paysan.
On l'appelle « l'Aïeul ». Des autres, la jeunesse,
Entoure, filiale et tendre, sa vieillesse,
Et, quand il peut marcher, à petits pas pesants,

C'est une souple main qui le guide, indécis;
C'est un front nimbé d'or sous la blancheur du voile
Qui près de lui se penche avec des yeux d'étoile,
Et le vieux combattant se croit en Paradis!

Mâcon, août 1915.

LA CROIX DE GUERRE

A Mlle J. de Sézille.

Son métal est discret, mais sa forme d'étoile,
Des héroïsmes fiers évoque la beauté,
Et c'est d'un prix exquis que votre charité
L'attache en joyau rare à vos robes de toile.

Vos traits, qui sont pâlis sous le nimbe du voile,
Accusent tout le poids du labeur de bonté
Que vous avez subi dans la docilité
De l'âme de Pitié, qui dans vos yeux s'étoile.

Mais la croix des héros posant sur votre cœur,
Met dans votre regard un bel éclat vainqueur
Où passe tout l'orgueil d'avoir été si forte !

Vous sentez plus vivant le lien fraternel
Avec les défenseurs du Pays éternel ;
Dans votre charme pur toute faiblesse est morte !

Août 1915.

PRIÈRE

A Monsieur l'abbé Monnot,
aumônier de l'Hôpital Notre-Dame.

Seigneur! toute une année accomplit sa carrière
Et la terre de France a bu des flots de sang...
    O Seigneur tout-puissant,
    Finis notre misère !..

Nous savons que pour Toi la mort est un mirage;
Nous savons que le temps s'abolit dans ton ciel
    Et que cet an mortel
    N'est pour toi qu'un orage,

Dont tu connais déjà la suprême auréole,
Présage de la Paix ! — Tu sais que rien ne meurt,
    Que nous serons meilleurs
    De ce qui nous désole;

Que, dans l'ardent creuset où tu forges les âmes,
Notre pays grandit et rayonne, éclatant,

Comme un flambeau géant
Aux symboliques flammes,

Pour éclairer le monde en sa marche trop lente.
Mais nous avons, Seigneur, un pauvre cœur humain,

Et souvent notre main
Se fait froide et tremblante,

Lorsque s'emplit la coupe où débordent nos larmes !...
Seigneur, si tu ne peux changer notre destin,

Si le jour est lointain
De déposer nos armes,

Apprends-nous donc, ô Christ ! ô divine victime,
L'amour du sacrifice et du sublime effort ;

Le mépris de la mort
Et le courage ultime.

Donne aux mères en deuil, pâles et douloureuses
D'avoir perdu leurs fils, aux épouses en noir

Qui s'en vont dans le soir,
D'un prompt trépas, rêveuses,

La vision bénie, ainsi qu'à Magdeleine,
Des bien-aimés, vainqueurs des tombeaux entr'ouverts
   Et non rongés des vers
   Dans l'ombre souterraine.

Donne au soldat, qui lutte et qui meurt sans faiblesse,
Le rêve de Victoire où fut son idéal ;
   Préserve-le du mal
   De douter, en détresse.

Et fais que notre France, à jamais immortelle,
Ressuscite en beauté comme un corps glorieux,
   Dans le calme pieux
   D'une ère fraternelle !

Août 1915.

TABLE

MACON, PROTAT FRÈRES, IMPRIMEURS

MACON, PROTAT FRÈRES, IMPRIMEURS

www.ingramcontent.com/pod-product-compliance
Lightning Source LLC
Chambersburg PA
CBHW071103260626
47162CB00006B/2193